文芸社セレクション

雛の宵

足立 恵子

ADACHI Keiko

文芸社

昨夜から降り始めた雪は、屋根瓦の形が判る程度に積もっただけで、朝には止んでいた。陽が高くなるにつれて雨樋を伝う水の音が繁くなり、板塀は盛んに白い蒸気を上げている。茶と白の斑の猫が庭を横切ると、黒く染みた土の上に水の溜まった丸い足跡が残った。いつの間にか春はそこまで来ていた。遠くで子供達の遊ぶ高い声がする。私は雨戸を閉める手を休めて、日足の長くなった空を仰いだ。

この年ほど春の待たれた事はない。暮れから寝付いた母の看病の為、休学届を出して実家に帰り、早くもひと冬が過ぎようとしている。慣れない水仕事と家事に追われ、皹のひどい手を見つめて、一日も早く暖かくなってほしいと何度思った事だろう。病む母の為に悔いのない看病をしようと心に決めた筈だったのに。春の来る事が何を意味するのか頭では解っていても、もう一人の自分が毎日の辛さに堪えかねていた。

裏木戸の開く音がした。毛糸編みの襟巻に顔を埋めて入って来たのは、いつも買物を頼んでいる隣の小母さんだった。私は残りの雨戸を閉めると、急いで台所へ回った。

「陽が落ちるとまだ寒いねぇ」

「いつもすみません」

「いいがね、そんな事。お母さんには随分とお世話になったんだから、これ位はお安い御用ですよ」

小母さんは食料品と一緒に花の包みも流し台に置いた。私は熱い番茶を淹れて出した。両手で茶碗を包むように持った小母さんは、

「お母さん、少しは食欲が出なさったかね」

と聞いた。

「いいえ、相変わらずです。でも昨日のスープはとても美味しかったようです」

「ほうかね。そりゃ良かった。他にも何か口に合うものないかねぇ」

　お茶をすすりながら、小母さんは奥を覗くようにして考え顔になった。この数日、母はとみに食欲が衰え、流動食を少し口にするだけだった。小母さんが帰った後、母に聞いてみた。

「何か食べたいものはないの」

　母は暫く考えた末に、

「果物の缶詰のシロップを飲みたいわ」

と言った。次の日、早速小母さんに買ってきてもらい、白桃とみかんとパイナップルの缶詰を見せて、

「どれが良い？」

「そうねぇ、白桃にしようかしら」

　しばらく考えた後、小声で言った。

「すぐ持って来るから、待っててね」

　急いでガラス小鉢に白桃一切れとシロップを注いで戻り、

「お母さん、シロップよ」

と呼びかけて、母の顎の下にタオルを挟んだ。目を開けた母は頷くと、口をすぼめるようにして一匙飲んだ。コクンと喉が鳴った。

「冷たくて美味しいわ」

「そう、良かった」

私は嬉しくなって次々に匙を運んだ。母は、美味しい、美味しいと繰り返した。

「白桃も食べてみる？」

つい調子に乗って聞くと、瞬きでいらないと答えて少し休んだ。口元が緩んでいて、久しぶりに美味しいと言った事で、二人とも幸福な気分に浸っていた。

小母さんが帰った後、乳白色の志野焼の花瓶に花を活けて母の所へ持っていった。棒杭のような細い枝に球形の桃の蕾が鈴なりについて、触れると零れ落ちそうだ。黄色い菜の花がピンクの桃によく合い、重く沈んだ病室に灯を点したようで、上目遣いに見上げた母の顔がほころんだ。

「枕元じゃ見難いから、こっちの方が良いわね」

私は花瓶の口を紐で結わえて、病床の足元の長押に金具を掛けて吊るした。この頃の母は自分の首も自由には動かせなくなり、その視野はかなり狭くなっている。

「明日はお雛祭りだったのね。今年はとうとう飾れなかったわ」

花を見ていた母が少し掠れた声で言った。

「あっ、そうか。だから小母さんが桃の花を買って来てくれたのね。旧暦だと思えばいいいじゃないの。日曜日にお父さんに出してもらいましょうよ」

私はわざと明るくおどけた声で言った。

毎年床の間に雛人形を飾るのを母は楽しみにしていた。木箱から柔らかい紙に包まれた人形が取り出される度に、まだ幼かった私は息を殺して母の手元を見つめたものだ。

「このお雛様を買いに行った時はね、大須の人形店を一軒一軒回って選んだのよ。ほら、こんなに良いお顔をしてるでしょう」

組み上がった雛段の横から手を伸ばして、黒塗りの台の上に一体ずつ人形を置いていた母は、私を振り返って自慢した。女雛の口は点のように小さくて可愛い。私も触ってみたいのをやっと我慢して、少し離れた所から眺めていた。

この人形達も戦時中は他の荷物と一緒に田舎へ疎開させ、戦後も暫くは雛祭りどころではなかったが、母は必ずその日を覚えていて、ここ数年はまた飾るようになった。その床の間の前に今年は母の布団が敷かれ、誰も雛祭りの事は忘れていた。笑顔になった母は、じっと桃の花を眺めていた。

鶏肉と野菜からとったスープと重湯の夕食が終わった。床の横に胡座をかいて母に夕食を食べさせるのは、父の受け持ちだった。

「なんだ、もういいのか」

楽呑みからほうじ茶を飲んだ母は、ふうと息を吐いて父を見上げ、

「ごちそうさま」

と言った。スープも重湯もまだ茶碗に残っている盆を、父は私に渡した。母はまた桃の花を見ている。二、三輪、花が開き始めていた。私は昼間に母と話した事を思い出し、雛人形を出してほしいと父に頼んだ。

「どこに飾るんだい」

部屋を見回しながら、父が呆れたような顔をした。

「大変だから、いいですよ」

長びく看病で父も私も疲れているから、無理しないでなるべく身体を休めるようにと、母はいつも言っていた。

「それじゃお内裏様だけにしたら」

と私。それは母の為ばかりではなく、閉じ込められたような日々の中で、私自身も心の安らぎがほしかったからだ。

今日も暮れた。父は火鉢の横で新聞を広げた。洗い物の終わった私は母の床の傍らに座って、これも日課になっている足のマッサージを始めた。寝た切りの母は血行が悪く、暇さえあれば父でも私でも、母の手や足をマッサージした。毎日同じような日々の連続だ。少しでも快方へ向かうというのなら良いが、逆に少しずつ弱っていく姿を見るのは辛い。時々目を開けて花を眺めたり、ひと言ふた言話したりしていた母が柱時計を見て、

「あら、もう九時なのね」

と呟いた。

「もう？」

私は夜中にも二、三度起きるので、九時になると先に寝る事にしている。振り返って時計を見ると、針は九時十分前を指していた。私はマッサージを止め、寝る前にする母の世話を済ませた。

「じゃぁね」

「おやすみ」

母の細い声が私を包んだ。継ぎ足した炭が音を立てて爆ぜ、火の粉が火鉢の中で飛び散った。父が立って来て、私の後に座った。襖を閉めて布団に入ると、私はすぐに寝入ったようだ。


「めぐみ、起きなさい。めぐみ」

父が遠くで私を呼んでいた。

「はい」

返事をしたまま、父が何を慌てているのだろうと不思議に思い、考えていた。

「お母さんの様子がおかしいんだ。医者を呼んで来るからなっ」

言いながら玄関へ馳けていく父の足音で、私は目が醒めた。

その夜、昭和三十年三月二日午後九時三十分、母は眠るように逝った。


母が最初に入院したのは二年前、桜の花が満開の頃だった。名古屋大学医学部附属病院の庭には、時折強く吹く風に乗って桜吹雪が舞っていた。病棟の扉を開ける父に続いた母の髪に、玄関脇の老樹の枝から花弁が舞ってきて、二、三片留まった。鞄を持って付いていった私は、それが白髪の目立ち始めた母の髪飾りのように見えて、思わず微笑んだ。父も母も無言で部屋の番号を探していく。これまで病気らしい病気をした事のなかった母の入院を、どう受け止めて良いのか解らない。一日も早く母が元気になって、今の不安な状態から抜け出したいと祈りながら、私も続いた。奥の二人部屋が母の病室であった。

その春私は名古屋の高校を卒業して、東京の大学を受験した。将来は語学の力を活かした職業につき、結婚してもずっとその仕事を続けたいと考えていた。そんな私の背景には母の願望があったからだ。

「あなたには、一生続けられる仕事をまず持ってほしいの。これからの女は、自分で生きていけるだけの生活力を持たなければいけないわ。結婚して子供も育てて仕事もして、ずい分欲張りのようだけど、お母さんはめぐみにそういう人生を生きてほしいと願っているのよ」

それは昔からの母の持論だった。小さい時から何度も聞かされて育ったので、私はそれが当たり前の事だと思っていた。

未だ人生経験もない子供が描く将来像は所詮夢でしかないのだが、その先の事は学んでいくうちに見えて来るだろう。まずは英文科を受験すると決めた。両親も賛成してくれ、担任の先生も背中を押して下さったので、駄目だったら翌年に再挑戦するつもりで、受験校は一校だけに絞った。翌年の誕生日に五十五歳で定年を迎える父は、それを機会に東京で新しい仕事を始めたいと母に話していた。そうなれば両親は東京へ引越す事になるので、私の進学校も東京へという事だった。

しかし人生には想定外の出来事があるのだという厳しい体験をする事になった。あいにく受験日の直前になって私は体調を崩し、試験を棒に振ってしまったのだ。すぐ予備校の入学手続きをして、新学期から叔父の家に下宿させてもらう予定でいた私に、「女の子が浪人してまで……」と叔父に反対された。「貴女なら英文科でなくても、したい事は他にも沢山あるでしょう。そっちの道も考えてみたら……」と忠告して下さる人もいて私はびっくり。初志貫徹か方向転換か、どちらにも興味があった。若いとはそういう事なのだろう。皆で相談の結果、浪人はやめて服飾専門学校へ進むことに決めた。但し、新学期はもう始まっていたので、「十月（後期）からなら入れます」と言われた。人生の岐路で大きな方向転換をする事になったが、これも貴重な経験だったと今は思っている。

叔父の勤めている会社で学生アルバイトを求めているというので、九月までの約束で私も事務の仕事を手伝う事になり、他に男子大学生が二人加わって、三人でサラリーマンと同じ勤務時間内に与えられた仕事をこなした。初めて社会人の真似事をしてみて、確かに社会勉強の一端にはなった。このまま勤めないかと誘われたが、十月から学校に行く事が決まっているのでとお断りして、また学生に戻った。

親戚の家に近く、通学の便も考えて、荻窪駅の近くに手頃な部屋を見つけて自炊する事にした。その準備の為に母が上京し、一通りの段取りが整った時、母は思い立って、評判の良さそうな産婦人科医院を受診する気になったようだ。以前から身体の変調に気付いていていたらしいが、私の受験が一段落するまではと一人で胸に納めていたのだろう。

「大学病院を紹介しますから、詳しく調べてもらって下さい」

と言われたと、蒼い顔で私に告げた。

「とに角お母さんは今夜の汽車で帰る事にしたわ。もし入院という事になったら、すぐに知らせるからね」

「えっ、入院？」

母が産婦人科医院へ行って来たと聞き直して、初めて事の重大さに気付いた。

そう言えば以前に、ほんの一言もらした事があった。二人でお茶を飲んでいた時、

「この頃下り物が多いの。まだその日じゃないのに来る事もあるしね」

私は驚いて母を見た。

「いつ頃から？」

母はそっと湯呑みを置くと、考え込む風であった。

「もう一年近くになるかしら」

「そんなに前から!!」

思い返してみても、私は全くそれらしい気配に気付かなかった。厭な気がした。そういう話題は口にするのさえ厭わしい事なのに、そんな事を母と結びつけたくはなかった。それとも病気だろうか。それなら尚更大変だ。今頃病気なんかされては困る。私の進路が確定するまでは、誰が病気しても困るのだ。母

は私が無言なのに気付いて顔を上げた。短い沈黙があった。

「でも、心配しなくても良いのよ。更年期になると、いろいろ調子の狂う事があるらしいから、きっとそのせいよ」

殊更明るい声で言って、母はいつもの笑顔に戻った。

「なぁんだ、歳を取るとそういう事もあるのか。それなら良かった」

私は自分自身に言い聞かせるように言って、心の隅に残っている一抹の不安をわざと吹き飛ばした。そしてそれっきり、母とそんな会話を交わした事も忘れてしまっていた。あれはやっぱり病気の始まりだったのだろうか……。

「めぐみもこれからは自分で何でもしなくてはならないから、健康にだけは気をつけてね。風邪なんかひかないように」

「解ってるから、私の事は心配しなくても良いよ。それより、お母さんこそ無理しないでね」

斜め上からの光線で、陰の濃い母の顔には不安から来る緊張感があり、いつもより少し早口で、私に細々と注意を並べた。ふん、ふんと頷いていたが、私はあの時母に冷たかったという悔いが胸を刺し、心が沈んだ。『お母さん、ごめんなさい。あの時私は、自分の事しか考えていなかったの』
　すでに仕度の出来ていた母は、夕食もそこそこに帰って行った。東京駅まで行くという私を、帰りの夜道が心配だから荻窪駅でいいと断り、改札口で手を振って階段を上っていく母の後ろ姿は、少しも病人らしく見えなかった。

　梅雨の半ばの蒸し暑い日だった。幾度も躊躇った末に私は思い切って、母が最初に行った産婦人科医院を尋ねる事にした。商店街を抜けた所にその医院はあった。産科婦人科と書いた看板の立っている前を一度通り過ぎてから、辺りに人の途絶えたのを確認して、急いで玄関に入った。正面の十五畳程の待合室には壁に沿ってソファが置かれ、壁には風景画が掛けられていて、質素な外観の割にはよく整った部屋だった。幸いに待っている患者は居なかった。私は荒い呼吸を抑えながら、受付で来院の理由を言った。
　呼ばれて診察室に入ると、机の前で白髪の医師がカルテを見ていた。母がお世話になったお礼を述べ、折角紹介していただいた病院には行けなくて、郷里の名古屋大学附属病院でラジュゥム照射の治療を受けた事を伝えた。

「やっぱりそうでしたか。いや私も手術は無理だろうと思っていましたよ」

医師は大きく頷き、引出しから紙を出して簡単な絵を描いて、病状を説明してくれた。母の子宮癌はすでにⅢ期に入りかけていて、ラジュゥムで焼いても一時的に癌細胞の活動が抑えられるだけであり、いずれは再発して全身に転移するだろうという。病名は名古屋の病院でも聞いていたが、癌がそれ程厄介な病気とは知らなかった。私の中で漠然と抱いていた不安が次第に一つの形を取り始めた。もしや母は助からないのでは……そんな馬鹿な!! 母が死ぬなんてあり得ない!! 私は少しだけ椅子を引いて、不吉な想像を打ち消そうとした。しかし手にした鉛筆を枕の上で軽く叩きながら、何とか正確に伝えようとしている医師の様子を見ていると、大袈裟に言っているとは思えなかった。とすればいずれ母は……私の頭はまた混乱した。

「お母さんもあと一年早く来られていたら、手術出来たんですがね」残念だ、と何度も繰り返した。手遅れになった母が責められているようで、私は両手を膝の上に置いたまま、じっと頭を垂れて聞いていた。実は私の大学受験と父の仕事の都合で……と言ってみても、結果が変わる訳ではないし、私は迷っていた。ただ、母は勝手に放っておいた訳ではないのだ。父や私の事を優先して自分の事は後回しにするこれまでの母の生き方がそうさせてしまったのだ。『お母さん、ごめんなさい』私は心の中でひたすら母に詫びた。

「あの、母は何年位……」

「そうですね、僕の診たところでは、残念ですがあと二年でしょうね」

『二年‼　そんなに短いの？』いくら何でもそれは早過ぎるわ。私はさすがに信じられなかった。「まだまだ先の事ですよ。いずれはそういう日が来るという事で、今からそんなに心配する事はありませんよ」という医師の言葉を期待して聞いたのに。私の頭は混乱した。二年先に何が起こるか、その時になってみないと解らないではないか。私はたとえ二年であろうと三年であろうと、母の死を絶対に認めたくなかったのだ。

礼を述べて立ち上がる私を、医師は眼鏡の奥から労わるように見た。私は深々と頭を下げ、スリッパに書かれた医院の名前を見ながら診察室を出た。待合室にいた数人の若い母親達が好奇心をむき出しにして、探るように私を見た。

べっとりと肌に吸い付くような蒸し暑さが通りに澱んでいた。頭が痺れ、全身が重かった。医師の言葉が、声音もそのままに私を追って来るようで、私は駆けるように歩いた。立ち止まると地の底にめり込んでいきそうで、止まる事が出来なかった。母が死ぬなんて、もう手遅れだなんて。けれどもⅢ期だから必ず死ぬという事ではないのだ。医師が見せてくれた表によれば、二十五パーセントの人は五年以上生存し、一応緩解と見なされている。そうか。母もその二十五パーセントに入れれば良いのだ。私は抱えていたハンドバッグを力一杯胸に押しつけて、商店街を馳けるように歩いた。赤い幟が立ち、騒々しい流行歌が流れる商店街は、中元大売出しで賑わっていた。母と同じ位の歳格好の人やもっと年長に見える人も、元気に歩いている。私の目はその人達の方へ吸い寄せられた。母も早く元気になってほしい。祈るような気持ちで家路を急いだ。

四歳と二歳だった私の姉と兄を昭和初期に流行った疫痢で相次いで亡くした後、母はいつまでも悲嘆の日々から立ち直る事が出来なかった。「もう死んじまったんだ。今更くよくよしても仕様がないだろう。寿命だと思って諦めろって、あんまりお母さんが泣き言ばかり並べるものだから、終いにお父さんが叱るのよ。でもそれがまたお母さんには悲しいのね。だって幼い子に死なれて、あれは寿命で死んだなんて思える筈ないでしょう。今になれば、そう言わずにはいられなかったお父さんの気持ちも解るわよ。でもその時は、ただもう自分の未熟さが悔やまれて、子供達に申し訳なくて……」

若くして郷里の鹿児島を離れ、名古屋で世帯を持った父と母は、二人の子供にも恵まれて、ささやかながら幸せな生活があった。「夕方になるとオーバーを着た子供達がお父さんの帰りを待っていて、玄関の戸が開くと二人は歓声をあげて、『お父ちゃん、自転車に乗せて』って飛びつくのよ。お父さんは二人を自転車の前と後に乗せて、近所を一回りするのが日課になってしまったの」

子供達が元気な頃の話をする時、母は遠くを見るような眼差しをして楽しそうだった。不幸は突然にやって来た。夕食後、四歳になる良子がまだ暑さの残る縁先で寝転がっているのを不審に思った母が「良子ちゃん、どこか痛いの」と聞くと、良子は「ううん」と言ってごろりと向きを変え、猫と戯れていた。

「遊び過ぎて草臥れたんだろう。早く寝かせてやれ」

卓袱台の前でビールを飲んでいた父も、それ程の大事になるとは知らず、膝の上の孝の頭を撫でながら母に言った。

「二人ともそれまであまり病気をした事がなかったので、お母さん達呑気過ぎたのね。疫痢がどんなに恐い病気かという事も、子供の病気は大人と違って一刻を争うものだという事も。その晩遅く吐いたり下したりで、夜の明けるのを待ってお医者へ連れて行った時には、もう手遅れだったのよ」

そう話す時の母の顔は今にも泣き出しそうに歪んでいて、何年たってもそれは昨日の事のように鮮明で、辛い記憶であったのだろう。

「良子ちゃん、ごめんね。孝ちゃん、ごめんね。お母さんが馬鹿だったから、あなた達を死なせてしまったの。堪忍してねって、毎日泣いて暮らしたのよ」

二年の後に妊娠がわかった時、『今度こそしっかり育てなくては!!』と固く誓ったという。姉達とは反対に、私は小さい時からよく病気をして、村田小児科医院へ籐で出来た乳母車に座布団を敷いて寝かされ、よく通ったそうだ。何しろ二年間で医者へ行かなかったのは二ヶ月だけだったというから、さぞ大変だった事だろう。折にふれて母は姉や兄の事を私に話し、時には姉の名前で私に呼びかけた。

「良子ちゃん、お手々洗いましたか」

「はいっ」

「ではお茶碗を運んで下さいな」

「はぁい」

私は台所と茶の間を行ったり来たりして、お茶碗やお皿を運んだ。良子ちゃんになり切る事で母がどんなに喜ぶか、私にも解っていたので、それを一つの遊びとして楽しんでいた。母はまた私の食事にも栄養を考えて、いろいろ工夫を凝らした。

「めぐみちゃん、このお魚可愛いでしょう。とっても栄養があるから、これを食べると元気な子になるのよ。あなたもたくさん食べてね」

「もうお腹いっぱい」

「もう？　まだ食べられるでしょう」

「ううん」

「だったら、一口だけ食べてみて」

「いや」

突然母が両手で顔を覆い、声も出さずに泣き出した。私は吃驚した。どうしたら良いのかわからない。食べようか、でも、もういらないな。母はまだ泣いている。

「そんじゃぁ、少しだけ食べる」

「あら、食べてくれるの。めぐみちゃんは良い子ね。ありがとう」

涙に濡れた母の顔がくしゃくしゃになって笑っている。私は吃驚したままお魚を食べた。

　あれは私が五歳の時の事だった。近所の子供達の間で麻疹が流行し、私も感染して肺炎まで併発してしまった。熱い顔をして荒い息を吐く私を見て、両親はどんな思いであった事だろう。

「先生、めぐみにもしもの事があったら、私はもう生きてはいけません。どうか、どうかこの子を助けて下さい」

「うん、よう解っとる。出来るだけの事をするから、そう心配せんでもええ」

「出来るだけじゃなく、是非です。どうか是非、助けて下さい。お願いします」

「よし、解った。うちの看護婦を一人寄こすから安心しなさい。あんまり心配しすぎてお母さんまでくたばったら、どうにもならんでなぁ」

　その晩から看護婦さんが泊り込んで、母と二人で看病する事になった。私は優しい看護婦のお姉さんになつき、よく言う事を聞いた。漸く危機を乗り越えて快方に向かい始めたある日、帰宅した父がしのび足でそっと襖を開け、私と目が合うと急に笑顔になって入ってきた。

「どうだ、まだ苦しいか」

私は顔を左右に振って、ひげの濃い父の顔を見上げた。

「湿布はまだ温かいかしら」

父の後に続いた母が歌うように言って、そっと掛布団を剝がして父の顔を見た。病気が快方に向かう頃から、私は自分でも知らぬ間に両手を拝むように合わせて、お腹の上に載せるくせがついていた。それが母には不吉な暗示に見えて心配だったのだろう。

「めぐみちゃん、お腹の上にお手々を載せて重くないの?」

私の表情を注意深く観察しながら聞いた。私はまた首を横に振った。子供の死に対する両親の極端な恐れは無理からぬ事だったのかも知れない。小学校へ上がる頃から徐々に、よく走り回る丈夫な子に育っていった。戦時下の子供達は厳しく鍛えられ、心身共に強い子にと育てられる時代であった。

「めぐみちゃん、元気に大きくなってね」

母は私を抱き締めて、いつも耳元で囁いた。この一言の中に母の願いのすべてがこめられている事を、子供なりに私は全身で感じ取っていた。

私が物心ついた頃、父はすでに帰りの遅い人であった。年を追って仕事の責任が重くなった事もあろう。しかし、家族を守った上で自分が自由に遊べるのは男の甲斐性だという信念が明治生まれの父にはあり、休日も留守勝ちであった。それと子供達の死と結びつけて良いか解らないが、「あれからお父さんは人が変わったの」と母は言った。夜更けてタクシーや人力車で帰宅する父を待って、火鉢の横で縫い物をしたり、卓袱台にもたれて居眠りをしていた母が、立って行ってそっと鍵を外すと、抑えた声で交わす会話の中に『中村』という名があった。それは名古屋市の西の外れの遊廓があった所の呼び名である。

「お宅のご主人のように男前で、仕事もやり手なら、申し分ないじゃないの」

茶呑み話に友人達が言うのを母は曖昧に受け流していたが、皆が帰った後で、

「家族というのはね、貧しくても肩寄せ合って暮らすのが本当の幸福なのよ」

と私に言った。その意味は判らなかったが、寂しそうな顔をした母の心は私にも伝わった気がする。きっと父も母もその渦中に居る時には判らなかった事も、時を経て振り返ったり反省したりして、互いの心を理解し合えるようになったのだろう。

昭和の初め頃、アメリカからシンガーミシンが日本に輸入された。まだ数も少なく、かなり高価だったらしいが、裁縫好きな母が「買ってもいいかしら」と相談すると、父は即座に「良いさ」と答えたという。「お父さんはね、自分も勝手に遊ぶけれど、お母さんの希望も快く聞いてくれる優しい人なのよ」と言った。届いたミシンを南側の障子の前に置き、和服をもんぺにしたり、私の子供服も婦人雑誌の附録について来る型紙を参考にして作ってくれた。私はいつもミシンの横に立ち、「絶対にお手々を出しては駄目よ」と厳しく注意されながら、母の手元を喰い入るように見つめて飽きなかった。

ゴールデンウィークに帰省すると、庭はつつじの花の真盛りであった。ピンクや白のオオムラサキが大きな花をつけ、やや小ぶりのキリシマツツジも赤い蕾をふくらませている。私は下駄を突っかけて庭へ出た。静かな午後であった。治療の為の短期の入院をくり返しながらも、この一年母はかなり健康を取り戻していた。

「あの時は手術と聞いただけで生命の縮む思いがしましたよ。お陰様で切らないで済みましたので良かったです。もうすっかり元気になりました」

手術をしないで済んだのは病状が軽かったからだと素人らしい誤解で、母は良い方に解釈して喜んでいた。それならそれで良いではないかと、あえて訂正しない事にした。放射線治療で癌はどんどん小さくなり、いずれ消滅すると母は聞かされていた。会う人毎に喜んで報告する母は血色も良く、去年より若いでさえ見えた。裏の方で鶏の甲高い啼き声がして、続いてバタバタと羽を振る音が聞こえた。あれは卵を産んだ時の合図だ。私は如露に水を汲んで来て、軒下に並んでいる朝顔の鉢に水をかけ、ついでに高い所から雨のように辺りへ撒いた。

「あらあら、足が濡れるでしょうに」

解きかけの着物と座布団を持って、母が縁側へ出て来た。冬から続いてまだ和服を着ている。藍の濃淡の縞柄の着物が色白の母によく似合っている。

「橋本さんのお祖母ちゃんはお元気？」

「お元気よ。相変わらず毎日お経の声が聞こえるわよ」

大家の橋本さんは夫婦共稼ぎなので、孫二人の面倒はお祖母さんが見ていた。小柄で世話好きな江戸っ子肌の人で、歌舞伎の話を始めるといくらでも続いて終わらなかった。ある日、午後の俄か雨で洗濯物がずぶ濡れだろうと帰ってみると、干した筈の洗濯物がない。音を聞きつけて出て来たお祖母さんが、「濡らしたら惜しいから、中へ入れときましたよ」と言った。「あら、有難うございました」と言いながら、私は散らかっていなかったかと慌てて部屋の中を見回した。

朝と夕べの二回、孫達も呼んで三人でお経をあげた。たっぷり二十分はかかるその大声が初めはうるさくて閉口したが、やがて慣れて来て、この頃は時計代わりになった。母が上京した時挨拶に行くと、熱心に信仰を勧められたそうだ。

「めぐみを東京へやった初めのうちは心配でね。夜中に目が醒めると眠れない事がよく有ったのよ。だってお母さんがめぐみの年齢にはもうお嫁に来てたんだもの。余計な心配はしない事にしたの。めぐみと約束した事があったしね」

「そうよ。お母さんは心配し過ぎなのよ」

私が女学校二年生の時、バレー部の練習中に怪我をした友人を家まで送っていき、帰宅が遅くなった事があった。無事に送り届けてホッとしていた私は、いつもの停留所で電車を降りた途端、見慣れない景色に目を瞠った。商店の灯りが通りを照らし、勤め帰りの人が忙しなく行き交っていて、街はもう夜になっていた。『心配してるだろうな』初めて母の顔が目に浮かんだ。当時はまだ一般家庭には固有の電話は無かった。連絡する事も出来ず、何も知らない母はさぞ心配して待っているに違いない。『用意、ドン』私は一目散に駆け出した。セーラーカラーと三つ編みの髪が背中を叩く。遠回りになる明るい大通りを止めて、すぐ右に折れる近道を行く事にした。街灯などはないから、点在する家の窓の灯りだけが頼りだ。先の方を透かして見ても、人影はない。神社の森の暗い道も無事に過ぎて、あとは角を一つ曲がるだけになった時、前方の四つ辻にぽつんと人影が見えた。『厭だなぁ、変な人だったらどうしよう。でもここまで来て戻るのは癪だし、えぇぃ、行っちゃえ』全神経をその人影に集中して私は走った。やがてそれは小柄で、女の人か子供らしいと思った。更に近づくと、首を少し右に傾けて撫で肩の体つきに見覚えがある。『なぁんだ、お母さんじゃないの』向こうも私が判ったようで、人影は二、三歩前へ出た。私は大きく右手を振って、更にスピードをあげた。

「ただいま!!」

「おかえり」

五、六歳の幼児を迎えるように、母は両手を広げていた。二、三歩手前で止まった私は、弾んだ声で遅くなった理由を説明した。

「良かった。無事で」

母は何度も同じ言葉を繰り返すばかりだったが、全身から安心した喜びが溢れていた。

「心配した？」

「そりゃしたわよ。途中で何か有ったんじゃないかと思って、居ても立ってもいられなかったわ」

家に向かって歩き出した時、私の鞄に手を添えて話し出した。

「お母さんね、待っている時ずっとめぐみに話しかけていたの。早く帰って来るんですよってね。めぐみが赤ちゃんだった頃の事を思い出したり、子守歌や蝶々を歌ったりしてね。神様どうかめぐみを無事に帰して下さいってお願いしてたの」

『そんな大袈裟な』私は心の中で呆れた。しかし、母の声は真剣だった。道は暗く、その顔はぼんやりとしか見えなかったが、通り沿いの窓から洩れる灯りに照らされたその目はうるんでいて、母は歌いながらきっと泣いていただろうと思った。

「そんなに心配しなくたっていいのに」

「そうはいかないわよ。心配するなって言ったって。でも良かった。こうしてめぐみは無事に帰って来たのだから」

母は自分に言い聞かせるように独りごちた。私は黙ってその細い項《うなじ》を見た。俯いた母はいっそう小さく見えた。

鍵のかかっていなかった勝手口から家に入ると、食卓の上にガスコンロが置かれて、おでんの鍋が載っていた。父はまだ帰っていなかったが、母はすぐにマッチを擦った。

それから二、三日後、帰宅した私を待っていて母が言った。

「あれからお母さん考えたのよ。めぐみも大きくなれば急な用事で帰りが遅くなる事もあるでしょうし、いちいち断れない事だってあるでしょう。だから約束してほしいの。お母さんはめぐみを信じているから、決して信頼を裏切るような事はしないって」

「良いよ」

「お願いね。約束してね」

母は私の目をじっと見て念を押した。

「約束するよ」

「有難う。それを聞いて安心したわ」

こんな事が有ってから、私の帰りが遅くなっても、母は以前のように心配を顔に出す事は無くなった。心の中では不安が渦巻いていたかも知れないが、『めぐみは大丈夫。きっと無事に帰って来るからと自分に言い聞かせて待っているのよ』と言った。その頃、戦前の名画が次々と日本でも上映され、焼け残った公会堂や学校の講堂でも音楽会や演劇が上演された。私は機会のある毎に友達と誘い合わせたり、時には急な相談が纏まって、学校の帰りに行く事もあった。そんな時、母はいつも気持ちよく行かせてくれた。母は私を信じていただろうが、私も母を信じていた。母が亡くなってからも、この時の約束は私の中で続いていて、今も私は母を裏切る事は出来ない。恐らく死ぬまで、私はあの日の母の言葉を忘れる事はないであろう。

「めぐみが大きくなったら、お母さんにもしたいと思っている事がたくさん有るのよ」

「したい事ってどんな事?」

明るい声に誘われて反射的に聞き返した私は、立って水を汲みに行った。

『めぐみが大きくなったら……』というのは、いつも母の口癖だった。私が戻るのを待っていた母は、「習ってみたい事がいろいろあるし、旅行にも行きたいし。それに孫でも出来たら、可愛いドレスを縫ってあげて、それを着せて動物園に連れて行くなんて、お母さんの一番の夢ね。娘時代がとっても短かかったから、あれもこれもとやりたい事がいっぱいなの。これじゃぁ七十歳までは死ねないわね」

「あっはっは」悪戯っ子のように明るく笑った。「後でちょっと相談に乗ってね。来週までに五首書いていかなければならないの」

最近友人に誘われて、小さな短歌会に入ったそうだ。良かった。母はやっぱりあの二十五パーセントに入っていた。このままずっと元気でいてくれたら嬉しいな。解き終えた布地を表布、胴裏、裾廻しと分けて畳むと「どっこいしょ」と言って立ち上がり、ゆっくりと奥の部屋へ持って行った。その後ろ姿を追いながら、私はほっと胸を撫で下ろした。二十五パーセントという数字はまだ父には伝えてなかったが、このまま黙っていようと思った。

明日は私も東京へ帰るという日、三人で歩いて二十分ほどの近くの公園へ散歩に行った。

「お父さんが散歩しようなんて珍しいわ」

用心して薄いショールを持って来た母は、バッグにそれを仕舞いながら艶のある声で言った。

「外国映画だとこういう時は腕を組むのよ」

私が冷やかすと、母は笑って父を見た。父は頬をゆるめただけで、三人は母を中にして並んで歩いていった。明るい陽差しを受けて、新緑の優しい緑が心を温かく包んでくれるようだ。

「良い季節になりましたね」

母は目を細めて辺りを眺めた。

「ああ」

立ち止まって父も辺りを見回した。私は足元の小石をポーンと蹴った。それを見て母が笑った。池のほとりに立派な藤棚があり、今を盛りと満開の花房が水面すれすれまで垂れていた。

「あら、綺麗だこと。こんなに立派な藤棚を見るのなんて何年ぶりかしら」

母はまた立ち止まって花を眺め、目を瞑ると大きく深呼吸した。水面に反射した小波の影が母の顔の上でも揺れていた。私は、七、八十センチもありそうなその花房をそっと押してみた。房は意外に重く、大時計の振り子のようにゆったりと揺れた。

「うちの家紋って、確か上り藤だったわね」

「そうよ。よく覚えていたわね」

私は蝶のような形の花弁を見て、これがどんな風に図案化されていたのか思い出そうとしたがわからなかった。

煙草に火をつけた父は所在なげに遠くを見て、母が歩き出すのを待っていた。母は名残惜しそうに花の元を離れた。野外奏楽堂から吹奏楽の賑やかなメロディが流れて来て、時折拍手の音も加わった。音楽部の友達がいるかも知れないなと思ったが、今日は素通りする事にした。林の中の小径をぐるぐる歩き回って、再び池に戻った。

「会社もあと一年余りになりましたね。勤め始めてからもう何年になるのかしら」

「三十年以上にはなるな」

繊維関係の会社に勤める父は、来年秋の誕生日が来ると五十五歳になり、定年退職する。希望すればその後五年間は嘱託として残れるからと勧められているが、自分で新しい仕事を始めるつもりらしかった。

「会社の為には充分働いたから、思い残す事はない。俺もまだ老け込む歳じゃないしな。自分の力で思いっきりやってみたいんだ」

父は母に決意を伝え、少しずつ準備を進めているようであった。『父の仕事がうまく行って大金持ちになったら良いな』などと勝手な空想を描いているうちに、私は母達を追い越してボート乗り場の前にいた。

「ボートに乗っても良い？」

岸に繋がれたボートを指して漕ぐ真似をしながら、ジェスチャーで聞いた。遠くで母が大きく頷いた。ひょうたん型のこの池で、私は小学一年生の夏休みに叔父からボートの漕ぎ方を教えてもらい、何度も練習に通って隅々まで熟知している池だ。一人でも不安は無かった。ゆっくりと池の中央に向かって漕いでいく。船縁を打つ水の音が心地よい。池を一回りしたところで母達を探すと、大きな枝を広げた欅の木の下のベンチに腰掛けて、私の方を見ながら話していた。二年前に銀婚式を迎えた父と母は、こうして離れた所から眺めると、まるで兄妹のようによく似ていた。日頃は無口な父が、今日は珍しく母の方を向いて頻りに話しかけている。母も楽しそうに笑って頷き、時々父を見る。『どうぞごゆっくり』。私は右手と左手を逆方向にぐいっと漕いで方向転換した。正面に太陽が来てしまい、眩しい。明日からはまた東京だ。私も頑張ろう。やりたい事が沢山待っている。腕に力が入り、進行方向に他のボートがいない事を確かめると、思いっ切り全力で漕いだ。

十二月に入って間もなくの霜の強い朝だった。玄関で靴を履いていると、父からの速達が来た。便箋一枚に、母の病状が思わしくないからすぐ帰るように、と走り書きしてあった。あと半月もすれば冬休みなのに、それまで待てないのはよほど悪いからだろうか。私は部屋に戻って、もう一度手紙を読み返してみた。詳しい事はわからないが、手紙の感じではすぐに帰らなくてはならないだろう。突然こんな事を言われても困るのに。これまでも入院の度に帰っていたから、出席時間が足りなくなるのではないかと心配だった。こういう時姉妹がいてくれると助け合えるけれど、一人っ子は大変だ。

留守中の事を橋本さんにお願いし、学校で先生に事情を話して学割を貰うと、午後の列車に乗った。夏休みに帰った時、

「この頃脚が痛くって……」

と母は言い、ストッキングの上にソックスを重ねて履いてマッサージに通っていた。癌治療の副作用で神経痛が起き易い事は聞いていたから、寒くなってそれが強くなったのかと推測した。

家に着いたのは夜の十時に近かった。母は床の間の前に敷布団を高く重ねて寝ていた。部屋は重く沈んでいて、薄暗かった。入口に立った時から私をずっと目で追っていた母は、床の傍らに座るのを待って、

「ごめんね。呼び戻しちゃって」

と言った。潤んだ悲しい目をしていた。

「そんな事はいいけど、どうしたの」

両手を敷布団の端について覗き込むと、

「立てなくなっちゃったの。腰から脚にかけて痛くってね。力が入らないのよ」

母は急に子供が甘えるような声を出して、十月の末からだんだん痛みが強く

なり、この一週間ほどは支えてもらわないと歩く事も出来なくなったと嘆いた。

「昼間だけ近所の木村さんに頼んで家事をしてもらっていたの。でもどんどん悪くなる一方でね。夜まで頼むのは無理だし、めぐみの学校を休ませたくはなかったのだけれど、ごめんね」

今にも泣き出しそうな顔だった。

「いいわよ、そんな事を気にしなくても。こういう時こそ子供が居るんだから、私の事は大丈夫だよ。先生にもちゃんとお話して来たし」

母を安心させようと、努めて平気そうに答えながら、私は内心がっかりしていた。突然の帰省だったから残して来た用事もあったし、母の状態によっては二、三日でも東京へ帰れないかと思っていたが、とても無理だろう。しかし、じっと私を見つめる母の悲し気な目を見ていると、それも吹っ切れた。それならそれで仕方がない。家にいる間は悔いのないように看病に専念しようと心に決めた。

細々とした看護の仕方を教わりながら、する事はいくらでもあった。東京で初めて自炊生活をしてみて困った事も、今はすぐ母に聞けるし、それなりの楽しさも味わった。冬休みももうすぐだし、それまでには母もよくなるだろうと思った。母は、自分の食事にも気を配り、早く体力をつけて起き上がれるようにならなければ……と焦っているようだったが、私が帰って数日のうちに、全く起き上がる事も出来なくなってしまった。神経が麻痺している為に、癌末期特有の激痛を感じなくて済んだ代わり、自分の手足も自由には動かせなくなっていった。父は忘年会にも出ず、会社から早々に帰ると私の手の回らなかった事を手伝い、母の世話もした。これまでは、年に二回の大掃除さえ他人を頼んできて、自分で働いた事はなかったのに、ゴツゴツした皺のひどい手を窮屈そうにバケツに突っ込んで雑巾を絞っている姿は何とも武骨だった。

「もうそれ位にして下さいよ。お父さんもめぐみも疲れて風邪でもひいたら困るわ。本当に済みませんね」

母は寝たままで礼をするように首を動かすと、通りかかった父や私に声をかけた。注文してあった布団が暮れに届き、元日の朝をその新しい布団の上で迎えた。

「旦那さんがいくらかかっても良いと言いなさったで、一番上等な着物綿を掛布団に入れときました。これ以上軽くて暖かい布団は今時出来んですに。奥さん」

廊下まで布団の包みを運んできた店の主人が自慢して帰っていった。

「勿体ないわ。そんな上等なものをわざわざ作る事はないのに」

母は大輪の菊の模様を目でなぞりながら、呟いた。


病人を気遣って、その年は年賀に訪れる人も少なく、形だけの淋しい正月だった。それでも父は好物の鮒の甘露煮や数の子、蒲鉾、昆布巻などを買ってきた。私は母に教えてもらいながら、黒豆や野菜、こんにゃく、きのこなどでお煮しめを作り、ごまめをいって田作りまで作った。

元日の朝、母の枕元に膳を運んで、三人で屠蘇を祝った。

「こんな所でお正月なんて、済みませんね」

「良いさ。来年の正月はまた母さんにうんと御馳走を作ってもらうさ」

湿り勝ちな空気を吹き払うように父は言って、母の口に数の子を入れた。歯ごたえがあって美味しいと、母はいくつも食べた。三人だけのこんなに静かな正月は初めてだった。『親子水いらず』とはこういう事を言うのかと、手酌で盃をあける父とそれを見上げる母を私は眺めていた。しかし、こんな正月を誰が予想しただろう。父と母は今どんな思いを嚙みしめているのだろう。音量を小さくしたラジオから、箏曲の「春の海」が流れてきた。

冬休みが終わっても、母に期待したような回復は見られなかった。この先いつまで学校を休めばいいのかの見通しも立たないまま、日が過ぎていった。母に覚られないように気遣いながらも、私は内心焦っていた。

「いつまでもめぐみに学校を休ませる訳にはいかないし、誰かお手伝いを頼みましょうよ」

と母は父に相談をかけ、何とか説得しようとした。

「親が病気になったら、子供が看病するのは当たり前じゃないか。学校などは一年や二年遅れても構わんさ」

父は頑として聞き入れなかった。一旦決めた事は決して変えない父であったから、母はもうそれ以上は言えなかった。

「めぐみに済まないわ」

いつものように身体を拭いている時、母はまたあの悲しい目をして私に詫びた。心の中を見透かされたようで私は戸惑った。私だって「東京へ帰りなさい」と言われても残して帰る事は出来なかったであろう。ただ、自分の気持ちを納得させるまでには、それなりの時間が必要であった。

「お母さんに早く元気になってもらいたいのよ。だから頑張ってね!!」

と力を込めて言い、乾いたタオルでもう一度身体を拭いて、寝間着を取り替えた。されるまま母はじっと私を見つめて、弱々しく頷いた。

「お邪魔して良いかしら」

母の古い友人の宮田さんが庭から入ってきた。縁側へ出た私にりんごの包みを手渡しながら母の方を覗いて、声をかけた。

「ご気分は如何ですか」

「有難う。今綺麗にしてもらって、気分は上々ですよ」

明るい声で母が答えた。

「こちらにどうぞ」

火鉢の横に座布団を出して、私は台所へ立った。この人は見舞いに訪れる度に、家庭の愚痴をこぼして行った。

「奥さん、ごめんね。病人にこんな事を聞かせて済まないけど、他に話せる人が居ないから、堪忍ね」

目頭を押さえながら、一時間はたっぷりと話し込み、

「苦労の報われる時がきっと来るから、それまで身体を大事にね」

と、母にいつも励まされて帰って行った。お茶を出してから、私はそっと庭へ出た。苦労だ、苦労だと言いながら、宮田さんはあんなに元気に暮らしている。母は羨ましいだろう。いつも私を支え、その腕の中に安心して抱かれていた母がこんなに脆い存在になってしまった事が、私には残念でならなかった。

何故母だけがこんな病気になってしまったのか、元気な人が大勢いるというのに。七十歳まで生きていろいろしたい事があると、つい一年前に話していたのに。それらの夢はまだ何一つ実現していない。すべてはこれからだった。見上げると、澄み渡った空に白い月が出ていた。掠れたようなその月は、母のあの悲しい目を思い出させた。

昨年の初夏、母は弟を喪っている。

「姉さん、めぐみの為にも死ぬんじゃないぞ。気を強く持って、病気なんかに負けるな!!」

と母を見舞ってくれた叔父が、三日後に脳溢血で倒れた。一度意識を取り戻した時に子供達の姿を探して、

「まだ死ねんぞ。子供達が一人前になるまで死ぬ訳にはいかん」

と口走りながら、再び昏睡状態に陥ったという。母はたった一人の弟の死を病院のベッドで聞いた。

「あんなに心の優しい子が先に行くなんて」

そう言ったきり、絶句した。掠れたような白い月は、あの時の叔父の言葉も思い出させた。

華やいだ色彩の乏しかった庭に、年が明けて最初に咲き出すのが椿だった。その紅色が濃緑の葉の陰に見え隠れしている。あれは戦時中に町内会の遠足で、東山植物園へ行った時に買ってきた苗を植えたものだ。ともすれば母はもう助からないかも知れないという不安がよぎるのを打ち消しつつ、私は『一ヶ月でも良い、どうしても母にもう一度元気になってほしい』と強く思った。

「お邪魔しましたね。お大事にね」

縁側のガラス戸に摑まって下駄を履きながら、宮田さんは高い声で言った。

「初めは足先だけだったのに、この頃は膝の辺りまで痺れてきて、まるで感覚がないの。これじゃ治るどころか、ますます悪くなっていくわ」

夕食の盆を運んできた父を見上げて、母はまた愚痴をこぼした。父は黙って座ると母の顎の下にタオルを当てて、まだ何か言いたそうにしている口へお粥を流し込んだ。母は急いで呑み込んだ。しかし次々と、まるで母に話す暇を与えまいとするかのように、父は匙を運んだ。

「そんなに早くては、嚙む暇がありませんよ」

母は顔を背けて漸く言った。自分の食事はいつもさっさと済ませてしまう父にとって、病人のゆっくりしたテンポに合わせるのは、さぞ忍耐を要する事だろう。まだ母が寝ついた初めの頃、焼海苔を何枚か一度に口に入れたらしく、

「一枚ずつにして下さらないと、折角のお海苔がおいしくないわ」

と弱々しく母が抗議した。それまで母の世話などした事のない父だったから、怒り出すのではないかとはらはらしたが、父は黙って箸を運んだ。やがて母の小さく「済みません」という声が聞こえた。

一日おきに村田医師が往診して下さり、来られない日は私が教えられた通りにヴィタミンの皮下注射をした。薬は父が会社の帰りに寄って受け取って来た。

「先生、こんな事で一体良くなるんでしょうか。皆に苦労をかけるだけのような気がして……」

アンプルから注射器に薬を移していた医師の手元を見つめていた母が、絞るような声で聞いた。

「どうせ治らないのなら私……」

「何を言うのかね、奥さん。焦っちゃいかんさ。もっと気を長く持たんとな。旦那さんと娘さんに看病してもらって、奥さん程幸せな人は居らんじゃないかね」

長年お世話になっているので、家族の事はよくご存知の村田医師は、わざと気楽な言葉遣いで母に答え、傍らに控えていた私を眼鏡の端から覗くように見て、

「お前が小さい頃は、お母さん苦労したんだぞ」

と言った。私は黙って先生に深々と頭を下げた。

医師が帰った後、母は目を閉じてじっと考え込んでいた。私は洗面器やタオルを片付けてから床の傍らに座った。布団の間から手を入れて足のマッサージを始めると、目を開けた母は私を見て言葉ではなく目と表情で感謝の気持ちを

示した。母は母なりに自分の病状を観察しているのだ。医師も見舞いに来られた人も、父も私もだが、気休めに過ぎないような口先だけの励ましの言葉を並べる事は、徒らに母を苦しめるだけではないだろうか。私はこの頃気が咎めて仕方がない。残された日々を大切に生きてもらう為にも、母に真実を伝える事の方が看病する者の誠意ではないか。私は頻りにそんな事を考えるようになっていた。

早く良くなって起き上がれるようにならなくては!!と張り切っていた母が、一月も終わりになるとじっと考え込む事が多くなり、焦りと諦めが交差しているように見えた。今考えると、あの時何故入院させなかったかと思うが、父とそういう相談をした記憶はない。抗癌剤はまだ無い時代だった。時期が来れば、静かに死を迎えるしかないという事だったのか。或いは家で、家族に看取られてあの世へ旅立たせたいという父か医師の決断があったのかも知れない。亡くなる前の三ヶ月、母は父と私と手伝って下さった人達の看護の中で病と闘った。

「お母さん、もう駄目かも知れないわ。これ以上お父さんやめぐみに苦労をかけるなんて辛いわ」

洗濯を終えて戻って来た私を待っていたように話しかけてきた母は、終いには涙声になって床の間の方へ顔を背けた。一人で天井を眺めてその事ばかり考えていたのだろう。掛布団の上に出ていた手にぴくっと痙攣が走ったように見えたのは、私の気のせいだったかも知れない。もうこの頃母は、手も足も自分の自由には動かせず、自由が利くのは首から上だけだった。私は火鉢で手をあたためて床の傍らに寄ると、母の手を持ち上げて手先から肩に向けてマッサージを始めた。脂気のないかさかさした腕は細くて柔らかく、私の膝の上で手首がだらんと垂れた。

『母にすべてを話そうか。話すなら今だ』と思いながら、私は言葉に詰まっていた。言葉にならない分ゆっくりと、いつもより柔らかく母の腕を摩った。

「どうせ治らないものなら、いっそ早く死ねないかしら」

口をぎゅっと引き締めたかと思うと、固く閉じた目から涙が溢れ、鼻梁を越えて向こう側へ落ちて行った。血の気の失せた頬に紅がさし、鼻の頭が赤くなった。何と女々しいんだろう。母らしくもない……と思ったら、私の気持ちが高ぶってきた。

「お母さん、もっと毅然として頂戴。私は最後までお母さんが強い人であってほしいの。人間なんてどうせいつかは死ぬんだから、大切なのはどう生きたかという事でしょう」

言ってから「はっ」とした。こんな風に言う積りではなかった。もっと優しく、母の気持ちを汲んで言うべきだった。しまった。母はじっと目を閉じたまま動かなかった。涙は止まった。『お母さん、ごめんなさい。私はお母さんがあまりに辛そうで、これ以上苦しむ姿を見ていられなかったの』鼻がつーんと痛むのをやっとの事で堪えた。

「そうね。めぐみの言う通りね」

嗄がれた声で母が呟いた。落ち着いた声だった。私はタオルの端で涙に濡れた母の耳を丹念に拭いた。静かな時が流れた。窓硝子を通してさし込む陽差しは暖かかったが、硝戸越しに見える猫柳の枝が風で大きく揺れていた。

「めぐみに良い……」

目を閉じたまま母が何か言った。

「え？」

聞き取れなくて顔を上げた私に目を向けた母は、

「めぐみに良い人が授かるといいね」

と繰り返し、涙の跡の残った目でじっと私を見つめた。

「お母さんが今いちばん気掛かりなのは、その事なの。どうかめぐみを大切にしてくれる優しい人に出会えますようにと、毎日それればかりお祈りしているのよ」

やっとそれだけ言うと、母は細い息を吐きながら目を閉じた。


深夜にすぐ往診して下さった村田医師が帰られた後、親戚や知人に知らせる為に父も出かけた。家の中はしんとして、時計の音だけが細かく休みなく聞こえていた。私はいつもの晩と同じように、床の傍らに座って母の腕を取り、静かにマッサージを始めた。死んでしまっても母の腕はまだ温かく、生きている時と同じだった。『いつか来る』と解っていたその時が来たのだ。母は死んだ。もう看病は終わった……と思いながら、一生懸命に母の腕を擦った。今母にしてあげられる事はこれしかない。

玄関の戸が開き、「ごめん下さい」と呼んでいる。二度、三度繰り返した後で、そっと足音を忍ばせて人の入ってくる気配がした。それでも私は黙って、母の腕を擦り続けた。

「お母さん、亡くなりなさったんだって？　まぁ早かったね」

「苦しみなさったかね。そう。苦しまんと逝きなさった。そりゃ良かったね」

次々とお悔みを言う近所の人達に、私は手を休める事なく黙って頭を下げ続けた。優しい言葉をかけて下さって有難いのだが、今は何も話したくはなかった。かけつけて下さった方々の慌しい動きの中で、母と私のいる床の周囲だけが、すべて静止していた。

命がけで私を育ててくれ、我が子の幸せを何よりも願った母を悲しませてはいけない、その思いを裏切ってはいけないという気持ちはいつも私の心の中にあった。悲しい事があっても苦しい事があっても、希望を失わないで努力すれば母はきっと喜んでくれるだろう。

「これからも頑張るから、いつも見守っていてね」私は心の中で母に語りかけながら、腕を擦り続けた。

火葬場から帰ると、家の中はすっかり片付けられていて、部屋が広くなったようだ。まだ夕方には間があったが、父はすぐに電燈をつけた。仏壇の前の小机に骨箱を置き、線香を立てた。傍らに白や黄の菊に混ざって、満開に近い桃の花も飾られている。私はあの夜、母がこの花を眺めていた時の光景を思い出した。これは本に挟んで押花にしよう。あれから長い時間が流れたような気がする。祭壇に飾った母の写真は叔父の結婚式の時に両親と私の三人で撮ったものので、まだ若くて正装している母は美しかった。

手伝いに残っていた母の友人や近所の人達がエプロンを外して、父に挨拶した。父も深々と頭を下げた。

「この度は大変お世話になりまして、有難うございました。皆さんに送っていただいて、家内もきっと喜んでいると思います。こんなに早く逝くとは思いませんでした。あれには苦労ばかりかけ……」

正座していた父の目から突然涙が噴き出した。自分でも思いがけなかったのだろう。父は慌てて拳で目を擦った。紋付羽織の肩が小刻みに震え、嗚咽がもれた。それは生涯でただ一度私が見た父の涙であった。灯りの当たった首筋に短い白髪が光り、角ばった背中は何時の間にか年老いていた。


遠来の親戚や知人が次々と発ち、潮の引くように人々が帰って行った夜、久し振りに父と二人で食卓に向かった。

「もう一杯お代わりして」

私は父の方へ手をさし出した。父の好物の薩摩汁がまだ沢山残っている。

「いや、もういいよ」

父はお椀を吸い切ってテーブルに置いた。

「これじゃ、明日の分まで残りそうだもの」

鍋をのぞいて言うと、

「お父さんは同じものでも構わんよ」

父はご飯のお代わりもせず、煮魚は全部平らげたがほうれん草のお浸しも少し残して、早々に箸をおいた。私は急いでお茶を淹れて父の前に置きながら、ふと隣の部屋へ目がいった。そこにはまだ母が寝ていて、食事をする私達を見ているような気がしてならなかった。

あとがき

文章を書くのが好きな友人がいて、逢うとつい、「頑張ってね」と声をかけてしまうのが私の決まった挨拶言葉でした。「貴女だって書きなさいよ」「私は駄目。能力が無いもの」。その時、「頑張って」と言う方は楽だけれど、言われる方はさぞ大変だろうなと、彼女に申し訳ない思いがしたのです。一度だけ書いてみようかな……ふと魔がさしたのでしょうか。辛い思いを私も体験してみれば、少しは気持ちが軽くなるような気がしてペンを持ちました。書いている間、夢と現実が混ざり合って、母と二人で生活しているような不思議な感覚を味わいました。きっと母はあの世で笑って私を見ていた事でしょう。

「思いがけずお母さんの二倍近くも生きてしまいました。もうすぐ逢えると思うから、楽しみに待っていてね」

「急がなくても良いのよ。ゆっくりいらっしゃい。元気で!!」

「はい、わかりました。お父さんによろしく」

著者プロフィール

足立 恵子（あだち けいこ）

1933年生まれ。
愛知県出身。
文化服装学院卒業。
文化出版局・月刊誌「装苑」など編集。

雛の宵

2022年 7 月15日　初版第 1 刷発行

著　者　足立 恵子
発行者　瓜谷 綱延
発行所　株式会社文芸社
〒160-0022　東京都新宿区新宿1－10－1
電話　03-5369-3060（代表）
03-5369-2299（販売）

印　刷　株式会社文芸社
製本所　株式会社MOTOMURA

ISBN978-4-286-23826-5